L'ANNIVERSAIRE

DU 16 MARS

OU LA BONNE ANNÉE

PAR

La jeune Fille d'un Poète.

VILLENEUVE-SUR-LOT,

Imprimerie et Lithographie de G. Leygues.

1858.

L'ANNIVERSAIRE

DU 16 MARS

OU LA BONNE ANNÉE

Au Prince Impérial,

PAR

La jeune Fille d'un Poète.

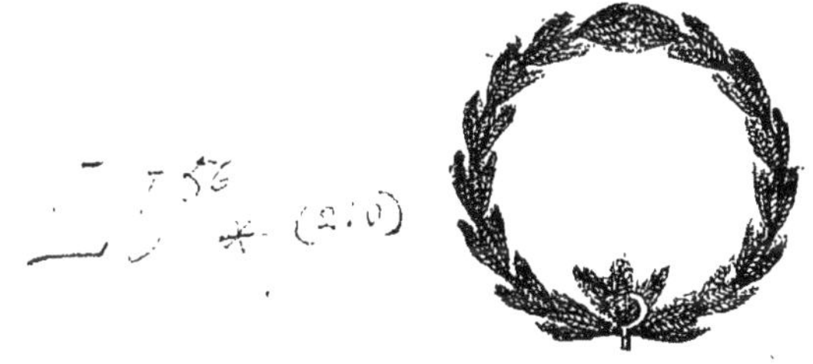

VILLENEUVE-SUR-LOT,

Imprimerie et Lithographie de G. Leygues.

1858.

A NAPOLÉON IV.

La jeune Fille du Poëte.

I.

ENFANT, lorsque des rois la brillante prière
Sur votre jeune front appelle l'avenir,
Je suis jalouse aussi de venir la première
Supplier à genoux le ciel de vous bénir.

Non, je n'attendrai point encore une journée
Pour aller, des Français réunissant le chœur,
Vous dire : bonne année ; oui, Prince, bonne année,
Parce que ce doux cri s'échappe de mon cœur.

Mais pourquoi le moment de cette heure suprême
Retarde-t-il ainsi l'aurore du retour ?
Oh ! je voudrais, pour mieux vous dire qu'on vous aime,
Que l'on pût faire un an avec le temps d'un jour !

Car, voyez-vous, j'ai droit à chérir votre enfance :
De vos pères les miens ont suivi le drapeau ;
Et lorsque je naquis, aimable Fils de France,
C'est un de vos bienfaits qui me fit un berceau !

L'étoile des guerriers brilla sur ma venue,
Et je devrais porter un de vos étendards,
Si Bellone n'était à mon sexe inconnue :
Comme vous je suis née aux beaux soleils de Mars.

En devenant soldat j'aurais loué l'Empire
Avec le bruit du monde et l'hymne du vainqueur ;
Mais, pauvre enfant, je n'ai que le son d'une lyre
Pour souhaiter longs jours au Petit Empereur.

Qu'importe ! aux airs connus d'un peuple militaire,
Menant vos compagnons, Superbe Sésostris,
Je veux vous dire un chant qui saura bien vous plaire
Plus que les voix d'airain des canons de Paris.

Et lorsqu'en vos palais une escorte puissante
S'empresse de fêter le Père triomphant,
Ecoutez, Eugénie, une cour innocente
Bégayer mille vœux aux pieds de Votre Enfant !

Les Filleuls Impériaux.

II.

Ouvrez, ouvrez les Tuileries
A la joyeuse légion
Qui porte des palmes fleuries
Au quatrième Napoléon.

Nous sommes les fils dont sa gloire
Fit un triomphe éblouissant,
Afin qu'il eût une victoire
A pouvoir nommer en naissant!

De par une France nouvelle
Nous venons flatter ses grandeurs :
Laissez passer, ô sentinelle,
Plus de deux mille ambassadeurs!

Et vous, Prince aîné de l'Empire,
Recevez les vœux solennels
Que tous les jours on nous inspire
Sous les humbles toits paternels.

Puisse le ciel de votre Père
Vous donner l'air impérieux,
Et l'auréole militaire
Qui pare son front glorieux.

Que de vos jeunes destinées
Dieu rende le monde jaloux ;
Qu'il vous accorde autant d'années
Que nous prions de fois pour vous !

Afin qu'un jour devant le trône
Nous portions dans nos bras vainqueurs,
Des lauriers pour faire couronne
A chacune de vos splendeurs !

En attendant qu'on n'ous appelle
A les tresser sous le drapeau,
De la branche d'une immortelle
Nous vous avons fait un bandeau.

Recevez avec bienveillance
Ce diadème sans éclats,
Emblème des fleurs que la France
Voudrait répandre sous vos pas !

C'est une couronne légère,
Flore précoce du vallon,
Qui semble naître la première
Pour fêter un Napoléon.

Comme elle devançant notre heure,
Nous venons conduits par l'amour,
Dans votre superbe demeure
Pour vous faire aussi notre cour.

Déjà même à votre personne
Nous aurions porté le bonheur ;
Mais nous ne montons pas au trône
Aussi vite que notre cœur !

Pourtant, ô jeune capitaine
Qui ne livrez point de combats,
De votre garde souveraine
Nous sommes les premiers soldats.

Voyez cette fière Espagnole
Qui devant nous prend son essor,
Et, fille d'un guerrier d'Arcole,
Porte notre oriflamme d'or.

Aux accents de sa voix touchante
Nous la suivons depuis l'Adour :
Pour écouter lorsqu'on vous chante,
Du monde nous ferions le tour !

« 8 »

D'ailleurs sur la triple bannière
Elle a mis tant d'inscriptions
Qu'on dirait l'histoire guerrière
D'un vainqueur de cent nations.

Nos seuls noms décorent le faîte
De l'étendard impérial
Comme des titres de conquête
Sur un monument triomphal !

Prince, recevez donc l'hommage
Du palladium blasonné,
Nos mains donneraient davantage
Si nos cœurs n'avaient tout donné !

Puis il faut bien que l'héroïne
Dont nous avons suivi l'appel,
A notre louange enfantine
Mêle son hymne fraternel.

Quand avec Dunois et la Hire
Jeanne parut auprès du roi,
Ces guerriers lui laissèrent dire
Les témoignages de sa foi.

La jeune Fille du Poète.

III.

Enfant, nous l'avons vu dans les champs d'Aquitaine.
Lutèce vous donna, pour sa première étrenne,
Une couchette d'or en forme de vaisseau :
Le blason de Paris est donc votre berceau ;
Mais vous avez depuis sur une mer profonde
Vogué sans compagnons vers l'avenir du monde :
Eh bien ! je vous conduis, moi, de petits rameurs
Pour guider en chantant le cours de vos grandeurs,
Et j'ose demander à suivre votre barque,
Timide marinière autour de son monarque,
Pour décorer vos mâts de drapeaux et de fleurs.

Sous notre ciel encor la grande renommée
Publia qu'une main sur un livre d'armée
Vous inscrivit le soir de votre premier jour ;
Comme si désormais en voyant notre amour
Aucun Napoléon dans la France aguerrie
Ne pouvait respirer sans servir la patrie !
C'est pourquoi, Fils aîné du puissant Empereur,
Je vous mène aujourd'hui votre garde d'honneur
En songeant qu'autrefois une fille inspirée
Vint au nom du Très-Haut, d'une voix assurée,
Prédire au souverain un sort triomphateur.

Mais qu'avez-vous besoin de cette prophétie !
La fortune s'attache à votre dynastie ;
Et l'Empire aime tant à marcher sur ses pas
Qne le peuple français, idolâtrant nos pères,
Saurait rendre, lui seul, tous vos destins prospères,
   Si le ciel ne le voulait pas !

Écoutez cependant les vœux que ma pensée
Préparait triomphante, autour de vous bercée :
Et vous direz après si l'hymne castillan
Réjouit le matin de votre nouvel an.

Prince, j'avais un soir, près de quelque trophée,
Contemplé votre image, et, vous trouvant si beau,
Je disais : que ne suis-je une petite fée
Pour orner de mes dons son glorieux drapeau.

Et comme je songeais dans cette heureuse extase
Ma mère m'endormit en mon berceau de gaze,
Et je vis dans un rêve un ange radieux
Qui sur des ailes d'or m'emporta vers les cieux.

Il m'enleva d'un vol jusques à l'Empyrée.
Là, du seuil rayonnant d'un portique divin,
Il me montra du doigt votre couche azurée
Où vous dormiez en paix comme un blond chérubin.

« C'est moi qui suis, dit-il, son ange tutélaire,
« Chargé par le Seigneur de défendre ses jours ;
« Pourtant à ses côtés je ne suis pas toujours :
« Le ciel ne veille pas lorsqu'il y voit sa mère !
« Oh ! viens donc. » Et bientôt à mes yeux éblouis
Brillèrent du pouvoir les fériques merveilles ;
Et ce que mon amour composait dans ses veilles,
Venait combler mes vœux pour le petit LOUIS.

« J'ai connu tes désirs, continua mon guide,
« Tu voudrais présenter à l'Enfant de la Paix
« D'un attribut royal quelque offrande splendide :
   « Eh bien ! choisis dans ce palais. »

Or je vis du triomphe un éclatant prodige :
C'était un souverain entouré de guerriers ;
Des rois traînaient son char avec des baudriers,
Et pour hâter leurs pas comme ceux d'un quadrige,
   Lui les frappait de ses lauriers !

Et moi je demandais pour votre jeune histoire
Ce prestige qui rend un monarque immortel ;
Mais aux Napoléons on n'offre point la gloire :
Vous avez en naissant remporté la victoire
   Qu'il faut ravir à l'Éternel.

Près de là j'entendis éclater des trompettes
En l'honneur d'un héros si glorieux à bénir
Que le frémissement du seul bruit de ses fêtes
    Retentissait dans l'avenir.

Et je voulais pour vous toutes les renommées
Dont se remplit le monde au vieux temps des Ro-
Quand la terre me dit: déjà dans ses armées [mains,
Nos peuples en suivant ses traces bien-aimées
    Ne peuvent plus battre des mains !

Comme de ces tableaux je passais la revue,
Sur un vaste Océan que je ne connais pas,
Voguait un Empereur, et l'abîme à sa vue
    Endormait les flots sur ses pas.

Et je craignais pour vous que le vent des naufrages
Livrât votre nacelle aux chances du hasard ;
Mais on ne doit jamais redouter les orages
Quand un navire porte et l'avenir des âges
    Et la fortune de César !

Plus loin brillait encore, au sein des flatteries,
Un roi dont la puissance et l'orgueil indompté
Avait pris le soleil pour servir d'armoiries
    Aux éclats de sa majesté !

Eh bien ! j'allais aussi pour votre main royale
Demander le blason de cet audacieux,
Tandis qu'en les hauteurs d'une sphère idéale
Passa, comme l'éclair, votre aigle impériale
       Qui montait par-dessus les cieux !

Ce n'est pas tout, je vis une escorte princière
Dont la foule entourant un autre souverain,
Pour éclairer du roi la brillante carrière
       Portait des flambeaux dans sa main.

Et j'osais réclamer une aurore sans voile,
Un astre pour guider votre esquif sur les mers
Lorsque sur votre front un saphir se dévoile ;
Et ce beau diamant plus brillant qu'une étoile
       Faisait marcher tout l'univers !

Enfin à l'horizon apparut Alexandre,
Jamais plus fier vainqueur à mes yeux n'avait lui ;
Sa voix avait contraint l'Orient à se rendre,
Et ceux qui le suivaient semblaient me faire entendre :
       La terre se tut devant lui !

Oh ! mon cœur à ce bruit d'un pouvoir militaire
Pour un Napoléon fut jaloux cette fois :
Mais je me rappelais qu'hier dans une guerre
Votre premier soupir fit taire le tonnerre
       Et les querelles de cent rois !

Parmi tant de grandeurs dominait un seul trône
Où de nul potentat le pied n'était monté ;
Pour coupole il avait une immense couronne
        Promise à l'immortalité.

Or, j'emportais joyeuse et faîte et diadème,
Et de pouvoir vous plaire enfin je me berçais :
Mais je n'oubliai pas, moi surtout qui vous aime,
Que vous avez, Enfant, un escabeau suprême
        Dans le cœur de chaque Français !

Je vis un conquérant dont la puissante épée
Servit de contre-poids à l'Empire romain ;
Et mon ambition de cette arme frappée
        Voulait en orner votre main,

Lorsque je me souvins, ô belle tête blonde,
Qu'un jour dans la balance où l'Europe jouait
A peser plus que nous, votre audace féconde
Avait soulevé seule une moitié du monde
        Sous le poids de votre jouet !

Un petit Prince, à peine au sortir de l'enfance,
M'apparut escorté par deux beaux séraphins ;
Et ces brillants esprits, tels qu'une Providence,
De toutes les vertus lui montraient les chemins.

Et mes yeux enviaient ces gardiens étranges,
Quand à votre berceau je vis aussi deux anges
Qui se consacraient tout à vous rendre immortel :
C'étaient Napoléon et la douce Eugénie ;
L'un pour doter vos jours avait tout son génie,
      L'autre levait les mains au ciel !

Que dis-je ! l'Inspiré que Jéhova conseille,
Le Pontife accouru vous bénit au saint lieu,
Et, se penchant, vous dit quelque chose à l'oreille
      Que vous envoyait le bon Dieu !

Alors la vision disparut de mon rêve.
Et ma mère, à cette heure où mon sommeil s'achève,
Par un baiser craintif amena mon réveil :
Et moi, suivant toujours le cours de votre histoire,
Je vis qu'en Orient votre superbe gloire
      S'élevait comme le soleil !

Enfant, vous avez donc tout ce que l'on envie.
La fortune en chantant vous mena dans la vie,
Et le sort contre vous ne peut rien qu'au tombeau.
Deux siècles verraient-ils votre char dans la voie ;
Ils n'épuiseront point le bonheur et la joie
      Que tout un Occident mit dans votre berceau !

Aussi, voyant l'espoir que le temps vous apporte,
Je fais taire ma lyre et ma bruyante escorte ;
D'ailleurs je ne viens pas avec d'autres accents
Vous dire tous mes vœux en cet anniversaire :
J'aime mieux que mon luth, de mon cœur tributaire,
Revienne à pareil jour vous bénir tous les ans.

C'est pourquoi, rejeton d'un vieux comte d'Espagne,
Noble fille des preux que l'exil accompagne,
Si de votre avenir je berce le matin,
Prince, n'oubliez pas qu'en vos fêtes d'enfance,
Petite Jeanne d'Arc, je conduisis la France
Chanter gloire et bonheur sur votre grand destin.

On dit que les heureux, les puissants de la terre
S'offrent de riches dons dans leurs jours solennels :
Moi, je n'ai pour tout bien qu'une histoire guerrière
Où mon père a redit le nom de votre Père
Ainsi qu'une prière aux pieds des saints autels.

Il manque à vos trésors mes œuvres paternelles :
Eh bien ! je vous les offre, et, pour prix de ces chants,
Échangez avec moi des faveurs maternelles
Comme de leurs jouets le feraient deux enfants.

R. M.-T. Réginette d'Escola.

Clairac, 16 Mars 1858.